JN148344

句集

翠陰

Sui-in

久保田哲子

朔出版

句集　翠陰　目次

句集　翠陰

Ⅰ

雛の間

平成十九年―平成二十二年

五十八句

風車売りに選んでもらひけり

風光る学生に辞書古りにけり

孔雀石てふさみどりの余寒かな

川へ石投げては語りあたたかし

卓上に硝子器多し春かもめ

鳥の屍に被りなほしし春帽子

始祖鳥を封じし石の朧にて

革表紙指になじめり初燕

白亜紀の海泳ぎきし春の夢

雛の家海はればれとありにけり

雛祭みんな笑つて撮られたる

古雛に海峡の音こもりあり

雛の間みんな帰つてたれかゐる

蝌蚪生まれしばらく雲の只中に

流氷の行方をおもひ青き踏む

飲食の白き器やさくら咲く

よき音に馬の横断朝ざくら

トロットの馬上の少女朝桜

初ひばり少女の耳朶の透きにける

鹿の角落ちて風なききのふけふ

縞栗鼠とその尾とびたる新樹かな

足早のバイオリンケース夏木立

白日傘ひらけばとほき濤の音

水平線いたどりは花懸けつらね

水母見てをり宥されてゐるごとく

杏もぐ白きかんばせ尖らせて

群羊の空にもありて雲の峰

翅音のみ聞えて蛍袋かな

百歳の棺出でゆく雲の峰

遺句集や近づいてくる夏の山

干梅にひとつひとつの夜空かな

片陰をいつの続きか歩きゐる

刈草の山のちぢみし月夜かな

秋燕となりて太平洋にあり

義経をあがむる鎮守栗青し

義経は異国に死すと鳥渡る

煙茸煙吐くたび笑ふなり

体温とすれちがひたる茸狩り

林檎たわわ流星群の近づき来

林檎もぐ青空ひろく開いてをり

鳥籠のむかう透きたる枯野かな

狐の嫁入りわが外套の光るなり

つぎつぎと白鳥の来て富むごとし

紙コップつぶして冬の旅にあり

鶴にあふ旅の終りの海真青

木の洞に木枯の巣はありにけり

初冬や魚釣つて声かがやかす

ちちははを知る顔をして梟よ

しばらくはイコンの前に息白し

底冷や祈りの膝を置くところ

冬銀河連結音ののぼりゆく

次の間へ大きなる扉やクリスマス

鹿が角刀架となりし寒さかな

襟立てて光堂より黒コート

北狐雪に足あと木のぐるり

金魚てふ朱のひとすぢ冬旱

氷海や陽射が宙にとどまりぬ

還らざる手紙のやうに冬鷗

Ⅱ

蕎麦の花

平成二十三年―平成二十六年

六十二句

公魚を釣つて十指のはなやげる

大漁の鰊に眼鏡濡らしけり

鳥の屍の吹かれてありぬ春汀

やはらかき汀に雁と別れけり

ひたすらの帰雁の胸の硬からむ

夥しき帰雁のこゑに濡れにけり

棒鱈にひすがら海の鳴る日かな

鰻《うなぎ》筊《ど》の乾ききつたる揚雲雀

馬がゐて藁屑飛んであたたかし

限界集落押入れに亀鳴きにけり

春や春風船魚に生まれきて

開けてゐるだけの時計屋春の雲

啓蟄や都会にふゆる鍵の穴

眼鏡屋のあとかたもなし風光る

ほうほうと土偶の声も朧にて
朧かな笛屋に万の笛の穴

しばらくは鳥と歩けり更衣

白絣着て遠景の澄みにけり

父の日や青葉洩るる日たまはりぬ

また一人蓮の向かうを通りけり

蛍の夜手足消えたるかと思ふ

蛍狩り案内の顔をつひに見ず

船虫の全身眼なり走るなり

船虫やざつくり乾く荒筵

山椒魚水の粘つて来たりけり

捕虫網の少女少年を置きざりに

泡吹虫泡うつとりと朝曇り

青葉して川の始まるところかな

蜥蜴走つて木道のゆがみけり

たぷたぷと翡翠の木がありにけり

郭公や川を覗くに帽子脱ぎ

長き根をひく夏草の流れやう

秋晴を統べたる櫛であありにけり

金輪際拳をとかぬ隼人瓜

一舟のやうに家あり蕎麦の花

蕎麦咲いて小さき村の野辺送り

花蕎麦や簡単服の少女たち

蕎麦の花柩にみちをひらきけり

秋風を牛の重量移りゆく

民族の追はれしのちの大花野

枯姥百合種からつぽにする遊び

あれほどの雲雀放ちし枯野かな

露座仏に冬のはじめの飴いろいろ

撞木吊る十一月を水平に

鼻歌の異邦人に夕時雨かな

雪を来て祈りの椅子を濡らしけり

しぐるるや神に仕へし木靴なる
花束の赤ひといろの雪景色

雪ふる夢覚めて不在の椅子ありぬ

冬木立詩人の柩あるごとし

凍滝に臨む五人でありにけり

零下二十度まなこゆつくり動かしぬ

つつぬけに鶴の声くる水仕かな

鵯叫ぶこゑを惜しめよ氷点下

寒垢離や鋼の水をとばしたる

寒垢離の水に飛びつく光かな

熱湯を入れ餅臼を覚ましけり

すぐの木に鵯の来てゐる餅配

マフラーと岩波新書あづかりぬ

雪像の熊なでて子の元気なる

氷像や日のあるうちは日に透きて

月明を得て氷像の鮫およぐ

III

流氷原

平成二十七年―平成三十年

七十句

糊つよき夜具に眠れり流氷来

流氷原かあんと鷲を放ちけり

つばめつばめどこかに古城あるごとし

われを率てつばくろ海へ出でにけり

獣骨となりて久しき桜かな

もたるるは遠流に似たり桜の木

豆腐みなおなじ深さに朝桜

花ひとひら水の裏とも表とも

鳥の巣や風がつつきに来るごとし

まだ風の尖つてをりぬ花林檎

名画へのX線や花ぐもり

没き子らの未明にひろふ桜貝

青き踏むとなりあはせに死者生者

蝶の昼天鵞絨の椅子愛しけり

棟上げの匂ふ柱も蝶の昼

燕の子目を張つて空曲りけり

子育ての燕のこゑが空に満ち
遅れゐる軽鳧《かる》をあの子と呼びにけり

祭笛鳶が大きく空使ふ

小鼓の涼し気に紐たらしけり

オートバイショーが始まる麦の秋

宵宮の射的のうさぎ撃たれけり

明莉へ

生まれ来て人みなやさし緑の夜

昆虫学者の家は青葉の中にあり

松に入り杉を出でたる薄暑かな

朱の鳥居日傘ふはりと吹かれけり

素潜りの足がひらりと雲の峰

金魚玉流れ入りたる海の紺

源流にカムイのけはひ青嵐

寺田京子の鷹がどこにもゐぬ暑さ

野鶲が葦の放物線にあり

縞馬の縞対称の涼しさよ

蛇衣を脱ぎゐる息の熱からむ

衣脱ぎしばかりの蛇の光りやう

家系図の無くて白桃すすりけり

蓑虫の息の通へる硬さかな

馬のゐぬ馬柵に鬼の子残さるる

霧を来て霧のにほひを梳る

草の花馬にしづかな水使ひ

象の檻長き不在や天の川

実莉へ

銀漢にしばし遊んで生まれけり

秋出水どこかに鹿の両まなこ

風の盆　四句

風の盆あの世この世と胡弓の音

燈を落しおわらの踊を迎へけり

裏山の闇よりも濃く風の盆

風の盆家霊を信じはじめたる

胆振東部地震　二句

強震のあとたうたうと天の川

地震のあと月光に身を濡らしをり

えぞ鹿を通して水の澄みにけり

鉄橋を渡る警笛ななかまど

はつゆきの始めは草の絮のごと

昇天図のやうなる空や冬鷗

荒るるまま海の暮れゆく大火鉢

榾くべてかたはらに母在るごとし

もう蓮と言へざるものへ空つ風

鮫祀る村に鰰来たりけり

炉話の誰も正直者ばかり

冬怒濤神事のごとき一樹あり

雪降るや口中赤くみな真鯛

電気鰻聖樹点してくれにけり

ゆるゆると海蛇を飼ふ氷柱かな

狼魚の水ごつごつと寒の内

冬眠の半ばなるかなオルゴール

雪降るや睡りのなかに鮃の目

絨緞の牡丹にみちて鏡の間

絵は裸婦を立たせつづけて冬銀河

堅炭を割つて山河のひびきけり

海沿ひをゆく大寒の汽笛かな

全身を鏡のなかに氷点下

寒満月われも一樹として立てり

Ⅳ 紺を着て

平成三十一年—令和三年

七十句

本売りし日のしづけさよ薄氷

犬吠ゆる流氷の押し寄せてくる

窓ぎはのボトルシップに流氷来

寒山拾得雪解山より戻りゐし

蝶図鑑ひらく雪解のよろこびに

雪解野の下は渦潮かもしれぬ

たましひの濡れて戻れる雪解かな

白鳥や潰えし山河鳴きかへる

白鳥の引きゆくこゑを眠りぎは

白鳥の帰りつくせし軒の椅子

春スカーフ吹かれやすくて山幾重

蹼の走るを見ればあたたかに

古雛に坐して汀にゐるごとし

花桃のみはる睫毛のありにけり

雛の日や窓に来てゐるしづかな木

雛の日は細身の魚買ひにけり

花浴びて子猿のやうに踊るなり

未完の絵のこし出征揚雲雀

昨日より今日ふくいくと水中花

笹舟の舳先決まりし涼しさよ

行くほどにわれは小さく夏木立

乳母車容れ緑陰の生まれたて

太宰忌のハンカチを振る木なりけり

そのかみの死の装身具緑の夜

水平の柩をおもふ花みづき
亡き友のわれにもたらす新樹光

あるときの蜥蜴の指のつまびらか
蛇衣を脱ぎ了るまで見て微熱

ラムネ抜くとき羽搏きの音したり
ひとかどの毛虫となつて驚かす

夏空へ術後のベッド帆を上げよ

月光を病室に入れ髪洗ふ

身のうちになほ濤ありぬ昼寝覚

さびしらの我をよぎれる熱帯魚

睡る嬰の指かぞふれば盆が来る

星明り村の井戸より水汲んで

秋の虹歩き出さむと軍靴あり

紺を着て詩集を買ひぬ鰯雲

木歩忌や家の奥より日向見て

秋晴の空のどこかが鳴りさうな

恐竜の肋のくらさ昼の虫

恐竜の尾骨が鎖なす銀河

鮭獲りに縄文人の出払つて

鱗雲縄文の舟来るごとし

狐雨尾花一本づつ活かす

縄文もいまも木の実をてのひらに

抜釘の術後三日月上がりけり

秋霖のナース置きゆく孤灯かな

赤とんぼ術後の微熱つづきをり

爽やかや鳥籠に鳥ゐぬことも

第六絶滅期なり落葉掃く

寒林てふパイプオルガン響きけり

木道の鋲の一閃白鳥来

十一月誰か来さうに椅子足して

駅員の燈を消しゆけば雪をんな

雪女郎すれちがふとき雪匂ひ

尾白鷲とまり一樹をきびしくす

捨てサイロ雪降つてまた短くなる

せせらぎを梟の闇来つつあり
梟に会うて目鼻の縮みけり

ふくろふや宿に使はぬ綿布団

梟に眼がまんまるの子供たち

雪に筋つけて葬花のはこばるる

ミサ曲が泉のやうに氷点下

白鯨の飛んでゐさうに吹雪きけり

引退の馬身ゆらりと冬日向

五歳児のことば光りて冬木の芽

人形の抱き買はれゆく冬星座

冬青空罫線のなきノート買ひ

家の中ジャズ満ちて春遠からじ

Ⅴ

黒葡萄

令和四年――令和六年

七十六句

『コンサイス』古りてぱさぱさ鳥の恋

巣づくりのまだ始まらぬ旅鞄

海凪いで破船のやうに春の雲

窮屈でないか巣箱の出入口

鳥の巣とおぼしきものの流れけり

かなしめば芽吹きの光殺到す

淡雪の止んで微笑を残したる
新しき万年筆やつばくらめ

啓蟄やぐらぐら乳歯ありにける

とほき日の絵本開けばてふてふとぶ

ピアノより楽譜ちらばる桜かな

象の鼻よく働いてさくら咲く

蝌蚪の水われとどまれば雲流れ
隠遁の花筵ならとび乗らむ

きんこんかん春の孔雀が羽拡ぐ
いましがた初音聞きしと言はれけり

住み替へて葉桜の闇あたらしき

実桜や鳥が言葉をこぼしゐて

北国に三遊亭一門夏めきぬ

覗きゐし少年老いむ青みどろ

十人に朱箸のそろふ涼しさよ

出演のおほかた故人金魚玉

日本海青野のごとくみはるかす

五月雨や船霊の流されてゐる

海原へ一気にひらく青簾

ポケットの広きを愛す夏の海

六月や師の見し山を見てゐたり

採血のあとのねむたさ雲の峰

病者よく物とり落とす朝ぐもり

海の日や病室にカーテンの波

少年の長き釣竿麦の秋

麦の波夫を離りて泳ぎけり

水槽の水母に夜空あるばかり

ストッキング蛇の蛻の重さなる

廃校を見て夏川に来てをりぬ

ちちははや額にぽぽぽぽ青葡萄

外つ国の象をむかへて大夕焼

夏終る蝶のりんぷん腕につき

桃すする闇のゆるびて来たりけり

草の市ひとすぢの水奔るなり

鍬鎌を納屋にねかせて星まつり

雲のゆく方へ歩いて秋めきぬ

友の死のあとの団栗拾ひけり

象の子にして皺多し草の花

爽やかや一樹の鳥の入れかはり

眠る子のどんぐりに影ひとつづつ

鈴木牛後牧場　四句

秋草で草打つて牛見に行かう

牛ねむるよき秋草のありにけり

母牛に重たき乳房草の花

牛百頭息す秋気を汚さずに

わたなかに祭あるべし鮭帰る

ははそはの厨のにほひ吾亦紅

横顔の考へてゐる水の秋

甲冑の聴いてゐるなり昼の虫

黒葡萄われと思へぬわが独語

十月や花束に胸飾らるる

虫集く闇ちりちりと震へをり

たたずめば月光といふ潦

檻の鷲羽打ちて翼とりもどす

冬日向鳥の聴覚ぽつてりと

十一月鳥のちひさき顔があり

朱鷺色の馬のはじしも冬に入る

鳥散って空の残れる冬はじめ

ペンギンをバケツで量る冬うらら

冬あたたか窓の数だけ馬の数

馬つなぐ落葉を終へし大欅

初時雨その日は馬に会ひしのみ

土偶ビーナス腰に肉置く冬はじめ

風除けを繕へば海よそよそし

冬怒濤雲に舳先のあるごとし

久女忌の水を硬しと思ふなり

三寒四温塩と砂糖を満たしけり

熊よけ鈴洗ふに寒の水鳴らす

ああと墜ちて羽毛布団に目覚めけり

雪しまきとどまれば身の剝落す

雪原の弾くひかりを狐とも

句集　翠陰　畢

あとがき

『翠陰』は、『白鳥来』『青韻』につづく第三句集です。振り返れば、小学四年の担任であった三好文夫先生（小説家）との出会いによって、俳句の道へと導かれたように思います。

十代後半で入会しました「白魚火」の西本一都主宰と藤川碧魚様には、「足もてつくる」の俳句理念のもとに辛抱強く写生することを学びました。

その後入会しました「梓」の永田耕一郎主宰には、その師・加藤楸邨の説く「真実感合」のもと、「視ることによって視えたものを素直に表現する」ことを学びました。

そして、木下夕爾の著書を通して知り合いました朔多恭様と、「梓」終刊後何かとアドバイスしてくださいました「艀」の杉野一博主宰には、いつも元気と勇気をいただきました。

「百鳥」にあっては、何度も吟行を共にしてご指導くださいました太田土男様と、遠くより見守っていてくださる大串章主宰に、心より感謝申し上げます。

北海道の大自然に生まれ育ち、「明るく強く美しく」を目指した句づくりを心がけてきましたが、どれほど作品に反映できたのだろうか、そんな自問を今も繰り返しています。しかしながら、ここ数年続く体調不良のなかで、第三句集を上梓できましたことは、幸せであり、有難いことと思っています。

また、過分な帯文を寄せてくださいました堀切克洋様には、心より御礼申し上げます。

最後になりましたが、句集出版の労をとってくださいました朔出版の鈴木忍さんには、きめ細やかな指針と新鮮な視座を与えていただきました。深く感謝申し上げます。

二〇二四年の翠陰にて

久保田哲子

著者略歴

久保田哲子（くぼた てつこ）

1948年、北海道愛別町生まれ
句集に『白鳥来』（1993年刊）、『青韻』（2007年刊）
2008年、句集『青韻』にて第28回鮫島賞、第23回北海道新聞俳句賞受賞
現在、「百鳥」同人
俳人協会会員、同北海道支部理事、北海道俳句協会会員

現住所
〒064-0922　北海道札幌市中央区南22条西8丁目3-38-102

句集　翠陰《すいいん》

百鳥叢書第 140 篇

2024 年 11 月 14 日　初版発行

著　者　　久保田哲子

発行者　　鈴木　忍

発行所　　株式会社 朔《さく》出版
〒 173-0021　東京都板橋区弥生町49-12-501
電話　03-5926-4386　　振替　00140-0-673315
https://saku-pub.com　E-mail　info@saku-pub.com

装　丁　　奥村靫正・星野絢香／TSTJ
ディレクション　久保田 翠
印刷製本　中央精版印刷株式会社

©Tetsuko Kubota 2024 Printed in Japan
ISBN978-4-911090-19-0　C0092　¥2600

落丁・乱丁本は小社宛にお送りください。送料小社負担にてお取り替えいたします。
本書の無断複製（コピー、スキャン、デジタル化等）並びに無断複製物の譲渡及び配
信は、著作権法上での例外を除き禁じられています。